ATHÈNES A PARIS,

OU

LE NOUVEL ANACHARSIS,

COMÉDIE-VAUDEVILLE EN UN ACTE;

PAR MM. DE ROUGEMONT, GABRIEL ET SAUVAGE

REPRÉSENTÉE POUR LA PREMIÈRE FOIS, A PARIS, SUR LE THÉATRE DE LA PORTE SAINT MARTIN, LE 1er DÉCEMBRE.

PRIX, 1 FR. 50 CENT.

PARIS,

Chez
POLLET, Libraire-Éditeur de Pièces de théâtre, rue du Temple, n° 36, vis-à-vis celle Chapon ;
BARBA, Libraire, au Palais-Royal.
Mme HUET, Libraire, rue de Rohan, n° 21.

—

1821.

ATHÈNES A PARIS,

OU

LE NOUVEL ANACHARSIS.

Cette pièce se vend aussi :

CHEZ
BARBA, Libraire, Palais Royal, derrière le Théâtre français, n° 51.
Madame HUET, Libraire, rue de Rohan, n° 21.
FAGES, Libraire, boulevard Saint Martin, n° 29.
QUOY, Libraire, boulevard Saint Martin, n° 18.
DELAVIGNE, Libraire, passage de l'Ancre.

ATHÈNES A PARIS,

OU

LE NOUVEL ANACHARSIS,

COMEDIE-VAUDEVILLE EN UN ACTE,

Par MM. DE ROUGEMONT, GABRIEL ET SAUVAGE;

REPRÉSENTÉE POUR LA PREMIÈRE FOIS, A PARIS, SUR LE THÉATRE DES VARIÉTÉS, LE 1er DÉCEMBRE 1821.

PRIX, 1 FR. 50 CENT.

PARIS,

CHEZ POLLET, LIBRAIRE-ÉDITEUR DE PIÈCES DE THÉATRE,
RUE DU TEMPLE, N° 36, EN FACE CELLE CHAPON.

1821.

PERSONNAGES.	ACTEURS.
LE BARON DE BRANDORFF.	M. *Brunet.*
FRÉDÉRIC, son Fils.	M. *Vernet.*
DUBREUIL, ami du Baron.	M. *Cazot.*
CORINNE, sa Fille.	Mlle *Pauline.*
DENIS, Maître de l'hôtel des Étrangers.	M. *Lefèvre.*
ASPASIE, Danseuse de l'Opéra.	Mlle *Jenny-Verpré.*
CICÉRONE.	M. *Legrand.*
STAMBOUL, Marchand de Cachemires.	M. *Fleury.*

Trois Fils de Stamboul, habillés en Turcs.

Valets de l'Hôtel.

La Scène se passe à Paris, dans l'hôtel de Denis.

IMPRIMERIE DE MADAME JEUNEHOMME-CRÉMIÈRE,
RUE HAUTEFEUILLE, N° 20.

ATHÈNES A PARIS,

ou

LE NOUVEL ANACHARSIS.

Le Théâtre représente une salle d'entrée qui donne sur un jardin ; elle est ornée de statues grecques, et de deux tableaux, dont l'un représente Hippocrate refusant les présens d'Artaxerce, et l'autre, les Athéniens offrant une couronne à Hippocrate qui les a délivrés de la peste ; des cartes géographiques sont suspendues aux murs ; une table, des siéges.

SCÈNE PREMIÈRE.

DENIS (*seul*).

(Il est assis devant la table, sur laquelle sont une carte géographique, des journaux et une pelotte couverte de petits drapeaux.)

Tandis que personne ne me demande dans l'hôtel, voyons nos journaux, notre carte de la Grèce, et orientons-nous. (*Il prend un journal.*) D'après ce journal, les Grecs sont à Hydra... (*Il pose un petit drapeau noir.*) Bien, (*Il prend un autre journal.*) D'après celui-ci... les Turcs sont à Hydra!.... Diable! comment arranger cela ? ces deux drapeaux-là ne pourront jamais tenir ensemble.... J'en étais sûr.... voilà le Turc par terre. Je ne sais pas à quoi cela tient, mais les Turcs ne tiennent pas du tout : il faut pourtant que j'en mette encore à Salonique, à Laodicée, et puis ensuite des Grecs partout.... Bien! allons, voilà les Turcs et les Grecs piqués comme il faut.... (*Il se lève.*) J'aime à suivre les opérations militaires, les marches des troupes. Il y a quelques années, j'ai diablement usé d'épingles....

SCÈNE II.

DENIS, STAMBOUL.

STAMBOUL.

(*A la cantonnade.*) Veux-tu te taire, Cerbère.... Faites
donc taire votre chien. (*A Denis.*) Salamalec, monsieur
Denis.

DENIS.

Ah ! c'est vous, monsieur Stamboul ; par quel hasard
si matin dans l'hôtel ?

STAMBOUL.

Pour ne pas manquer mademoiselle Aspasie,

DENIS.

Notre danseuse de l'Opera ?

STAMBOUL.

A laquelle j'ai vendu un cachemire ces jours-ci.

DENIS.

Vous avez eu là une drôle d'idée, de vous faire Turc.

STAMBOUL.

Dam ! tant que je me suis appelé Durand, et que j'ai
demeuré à un troisième de la rue Perdue, personne ne
me venait chercherr... Depuis qu'il m'a pris fantaisie
d'endosser la robe de chambre et le pantalon Turcs, d'ha-
biter un bel hôtel et de doubler le prix de mes cachemires, c'est à qui se fournira à mon magasin. Il n'y a rien
tel que de venir de loin pour réussir.

Air : *de Calpigi.*

A Paris, pour faire fortune,
C'est une route assez commune :
Les hommes dans ce moment-ci.
Courent tous après Rossini.
Qu'un marchand Turc ici se montre,
Les femmes vont a sa rencontre :
Enfin, parait-il un Anglais,
Tous les enfans courent apres. (*Bis*)

DENIS.

Vous ferez bien d'apporter quelques-uns de vos cachemires : j'ai ici une jeune demoiselle, avec son père, et il est question de la marier.

STAMBOUL.

Pas de mariage sans cachemire.

DENIS.

J'ai aussi deux maris de province qui ont parlé de se mettre à la mode.

STAMBOUL.

Des cachemires à leurs femmes.

DENIS.

Un Receveur des contributions qui veut de l'avancement.

STAMBOUL.

Un cachemire à la femme du Secrétaire général... Nous vous apporterons tout cela tantôt, mes trois fils et moi.

DENIS.

Est-ce que vous les avez fait habiller ?

STAMBOUL.

Certainement. Vous ne vous faites pas d'idée combien l'habit Turc inspire de confiance pour les cachemires.... Ah ! ça, il est jour chez mademoiselle Aspasie ; je vais m'y présenter. *(Il sort.)*

SCÈNE III.

DENIS *(seul.)*

Le gaillard fait de bonnes affaires... avec cela qu'il est d'une adresse, d'une activité !... Ah ! ah ! voici un de mes nouveaux locataires.

SCÈNE IV.

DENIS, DUBREUIL.

DENIS.

Monsieur Dubreuil a-t-il quelques ordres à donner ?

DUBREUIL.

Non, mon cher monsieur Denis ; mais je suis sur les épines.

DENIS.

Monsieur attend quelqu'un ?

DUBREUIL.

Notre jeune Baron allemand, que je voudrais voir rentrer.

DENIS.

Il est sorti ce matin avec M. Cicérone... A propos, êtes-vous content de M. Cicérone ?

DUBREUIL.

Mais, oui ; il est très-adroit.

DENIS.

C'est un homme unique, l'ancien explicateur du Panorama, que je mets à la disposition de chaque étranger qui descend dans mon hôtel. Veut-on voir un jardin, un spectacle, une bibliothèque, une promenade ? Cicérone est là qui vous conduit partout.

DUBREUIL.

Avez-vous beaucoup de monde, dans ce moment-ci ?

DENIS.

Je ne me plains point.

Air : *Adieu, je vous fuis bois charmant.*

Partout mon hôtel est cité,
J'ai toujours bonne compagnie ;
Au premier, c'est un Deputé
De la quatrième série.
Au second, je loge un Docteur
Dont la science est très-profonde,
Tout à côte d'un Armateur
Qui va partir pour l'autre monde.

Voilà quelqu'un qui va dissiper vos inquiétudes.

(*Il sort.*)

SCÈNE V.

DUBREUIL, CICÉRONE.

DUBREUIL.

Eh! arrivez donc, mon cher Cicérone.

CICÉRONE.

Me voilà de retour, monsieur.

DUBREUIL.

Et Frédéric?

CICÉRONE.

Je viens de le laisser auprès de son père, qui était à l'entrée du jardin.

DUBREUIL.

Est-il toujours enchanté de ses promenades?

CICÉRONE.

Ah! vous êtes son dieu, son sauveur! C'est à vous qu'il doit le plaisir de voir Athènes...

DUBREUIL.

A Paris.

CICÉRONE.

Cette idée là était difficile à exécuter.

DUBREUIL.

Du tout.... Frédéric, fils de M. le Baron de Brandorff, élevé dans le château paternel, au fond de la Westphalie, par un vieux précepteur Allemand, qui ne rêvait que Grec, était devenu fou de la Grèce : il ne jurait que par les dieux d'Homère, n'admirait que les héros Grecs, ne lisait que les poètes Grecs... Le Baron de Brandorff et moi nous avions depuis longtemps résolu d'unir nos enfans... En arrivant en Westphalie, je fus tout surpris de la manie de Frédéric, qui ne voulait, disait il, épouser qu'une Athénienne. Frédéric me connaissait à peine; je lui cachai que j'étais le père de celle qu'il refusait sans la connaître. J'eus l'air de partager ses goûts; je parlai même d'un voyage à Athènes : Frédéric accepte avec transport; mais je sais à propos élever une difficulté... Vous lisez à merveille vos auteurs anciens, dis-je au jeune Baron; mais la langue a considérablement changé, et je suis sûr que vous ignorez le Grec moderne.—Ia, meinherr, me dit-il, d'un air tout contrit. — Eh bien, je me charge de vous l'apprendre, répliquai-je. Il saute à mon cou, m'embrasse... nous nous mettons à la besogne, et en moins de six mois, Frédéric et son père parviennent à parler assez correctement... le Français.

CICÉRONE.

Ce fut alors que vous vous décidâtes à entreprendre le voyage d'Athènes.

DUBREUIL.

Oui... Arrivés assez heureusement à Paris, avant-hier soir, le jeune Baron et son père se croyent à Athènes.

CICÉRONE.

Vous allez être content de moi... La tournée d'aujourd'hui a été bonne. J'ai eu une excellente idée ; je l'ai fait monter sur les tours de Notre-Dame.

DUBREUIL (*étonné*).

Sur les tours de Notre-Dame!

CICÉRONE.

Nous venions de passer les ponts, M. Frédéric me questionnait à chaque instant...Tout-à-coup je me souviens que j'avais la notice du Panorama d'Athènes dans ma poche. Ravi de cette découverte, et du parti que j'en pouvais tirer, je le conduis sur l'une des tours de Notre-Dame ; et là, la notice dans le fond de mon chapeau, je lui explique le Panorama d'Athènes. (*Il tire la notice de sa poche, la place dans le fond de son chapeau et la lit, en imitant l'explicateur du Panorama.*) Quoique châcun soit d'accord sur l'antique célébrité d'Athènes, la date de sa fondation presente quelqu'incertitude ; on croit cependant pouvoir la faire remonter au temps de Cécrops : c'est sur une vieille tour de l'Acropolis que nous sommes en ce moment (la tour à droite de Notre-Dame)..... A vos pieds vous apercevez l'île de Salamine (c'était l'île Saint-Louis) ; plus loin, nous découvrons le temple de Thésée (l'hôtel des Invalides) ; un peu à droite, vous voyez le collége Turc, où les enfans vont étudier l'Alcoran (l'Enseignement mutuel de la rue des Lombards). De ce côté, nous voyons le fameux tribunal, connu sous le nom de l'Aréopage (Je lui faisais voir le

Palais de Justice). Vers la gauche, on aperçoit le bâtiment
où Socrate et Phocion ont bu la cigue (Je lui montrais
l'École de Médecine).

DUBREUIL.

A merveille.

CICÉRONE.

Air : *Contentons-nous d'une simple bouteille.*

Le contenter est assez difficile.
Il veut tout voir avec empressement
Vous conviendrez qu'on n'est pas mal habile
A le tromper sur chaque monument :
A tout moment il s'informe, il observe ;
Hier, encor, sortant de ce local,
Il demandait le Temple de Minerve.
Je l'ai conduit droit au Palais-Royal.

DUBREUIL.

Et vous ne l'avez pas quitté ?

CICÉRONE.

Je n'avais garde. A chaque instant je lui faisais re-
marquer sur les murs le grand nombre des découvertes
qui se font ici... Il était enchanté de leurs noms bizarres.

DUBREUIL.

En effet... tout vient du Grec, aujourd'hui...

CICÉRONE.

Air · *de la Vaudreuil*

Oui notre ville,
Des arts l'asyle,
Sait réunir
L'agréable à l'utile,
Et mainte affiche,
Sans qu'on vous triche,
Vient vous offrir
Et science et plaisir

C'est le Polyphage,
Au vaste Œsophage,
L'Aéronaute,
Le nouveau Paracrotte ;
Les Autoclaves,
Securiclaves,
Et les fameux souliers corioclaves.
Cours d'hygiène,
Gaz hydrogène.
L'Albinos,

Le Cosmomécanicos
Ici, voyez, c'est le **Panorama**,
Là le Cosmorama
Et le Diorama,
Puis le Pyrorama,
Panstereorama,
Diaphanorama,
Plus loin, l'Alporama.

   Oui, notre ville, etc.

   Pyrotechnie,
Et Fantasmagorie.
   Le Metronome,
Et l'huile philocôme.
   L'Electrometre,
   Le Chronomètre,
Et l'Hygromètre
Et le Costumomètre.
   Calcographie,
   Lithographie,
   Choregraphie,
Charment en ces lieux
   Vos yeux.

Corioptime,
L'Eau stomophélime,
   Automate,
   Acrobate,
   Thermophore,
   Inodore:
Puis, le Métalicon,
Le Panharmonicon,
Et le Joueur d'echec,
Le seul qui n'est pas Grec!
   Oui, notre ville, etc.

DUBREUIL.

Ah! ça, mais vous êtes infatigable.

CICÉRONE.

Monsieur, c'est mon état... A d'autres, à présent. Je
conduis ce matin un Limousin à l'Académie, un Russe au
manège, un Hollandais chez Véry, un Prussien aux car-
rières, et un Anglais aux catacombes.

Air: *To, to, to.*

Demandez,
Commandez
En tout temps,
Je me rends
De bonne heure
A votre demeure.
Sans paraitre indecis,
Partout je vous conduis;
J'ai la tout le plan de Paris.

.Ce vaste labyrinthe
Vous embarrasse-t-il ?
Suivez mes pas sans crainte,
Cicérone a le fil.

Demandez, etc.

(*Il sort.*)

SCÈNE VI.

DUBREUIL, CORINNE.

DUBREUIL.

Déjà levée... parée !... et un livre à la main !

CORINNE.

Oui, mon père, ce sont les Voyages du Jeune Anacharsis.

DUBREUIL.

Bon, c'est une suite de la conversation de notre étranger de l'Opéra.

CORINNE.

Oui, mon père, ce jeune homme, que le hasard avait
placé hier à côté de ma tante, dans notre loge, n'a cesse
de me parler avec admiration des Grecs, qu'il nomme,
je ne sais pourquoi, nos compatriotes, et ses eloges m'ont
inspiré le désir de les connaître davantage.

DUBREUIL (*à part*).

Fort bien.

CORINNE.

Air : *De la Somnambule.*

Au seul nom d'Achille ou d'Homére,
Le plaisir brille dans ses yeux,
Et les Grecs sont, je crois, mon pere,
Jusqu'à present ce qu'il aime le mieux.
En parlant d'Athene il s'enflamme,
Il deviendra le meilleur des maris,
S'il peut un jour aimer sa femme,
Autant qu'il aime son pays.

DUBREUIL.

Il me semble qu'il t'a beaucoup regardé.

CORINNE.

Tandis que vous causiez avec son père, il m'avouait

qu'il me trouvait beaucoup de ressemblance avec un portrait d'Iphigénie, qu'il possède.

DUBREUIL.

Ecoute, Corinne, ce jeune homme vient à Paris achever ses études.

CORINNE.

Oui, le Grec moderne... il me l'a dit.

DUBREUIL.

Il vient admirer les monumens de la capitale.

CORINNE.

Oh! il parle de ceux qu'il a déjà vus, avec une chaleur... c'est absolument comme quand il me disait que j'avais le plus joli profil Grec.

DUBREUIL.

Sachez, ma fille, que celui qui vous adressait ces paroles, est fiancé avec une Française.

CORINNE.

Fiancé!

DUBREUIL.

Et n'oubliez pas, de votre côté, que votre main est promise au fils de mon meilleur ami.

CORINNE.

Je ne l'ai jamais vu. Je ne sais pas si son caractère...

DUBREUIL.

Il est Allemand.

CORINNE.

Il ne me plaira pas du tout.

DUBREUIL.

Et pourtant tu l'épouseras.

CORINNE.

Mon bon petit papa!

DUBREUIL.

C'est une chose résolue, et tu peux t'y préparer; car, d'un moment à l'autre, j'attends mon ami et son jeune fils.

CORINNE.

Air : *Vaudeville de Rien de trop.*
N'esperez pas qu'il me plaise.

DUBREUIL.

Ce jeune homme intéressant ,
Unit la grace française
Au sang froid d'un Allemand.

CORINNE.

Cet ordre me désespère ,
Franchement je vous le dis ;
En fait de mari, mon père ,
Où trouver mieux qu'à Paris ?

CORINNE.   DUBREUIL.

N'esperez pas qu'il me plaise, etc.   Il faudra bien qu'il te plaise, etc

(*Corinnee sort.*)

SCÈNE VII.

DUBREUIL (*seul*).

Corinne est loin de se douter que l'humeur qu'elle
montre sert mes projets au lieu de les contrarier. Quel
bruit !.... C'est Frédéric.

SCÈNE VIII.

DUBREUIL , FRÉDÉRIC.

FRÉDÉRIC.

Air : *Sortez à l'instant , sortez.*
Combien je suis enchanté !
J'ai donc vu cette cité ;
Qu'elle a bien merite
Sa juste celébrite !
Grands dieux, qu'elle majesté !
Partout l'œil est arrêté ,
Sa grandeur , sa beauté
De plaisir m'ont transporté,

Vingt places publiques,
D'immenses portiques,
Les chefs-d'œuvre des arts
Partout charment les regards.
Larges avenues,
Palais et statues,....
J'admirais,
Je croyais
Être au temps de Périclès.

Combien je suis enchanté, etc.

DUBREUIL.

Déjà de retour !

FRÉDÉRIC.

Ah ! monsieur Dubreuil, que de reconnaissance je vous
dois !... J'ai monté ce matin sur une des vieilles tours de
l'Acropolis.

DUBREUIL.

En vérité !

FRÉDÉRIC.

J'ai vu Athènes en masse... comme je vous vois.

DUBREUIL.

Et vous la trouvez ?...

FRÉDÉRIC.

Très-bien conservée ; mais cela ne m'étonne pas, les
Grecs bâtissaient avec tant de solidité ! J'ai tout retrouvé,
tout.... excepté pourtant...

Air : *de M. Blanchard* (ou la Sentinelle).

Je n'ai pas vu ces bosquets de lauriers
Dont Xénophon nous parle à chaque page ;
Et qui, dit-il, s'élevant par milliers,
A ces remparts prêtaient leur noble ombrage.

DUBREUIL.

Ces fiers guerriers dont toujours on cita
Les exploits comme une merveille,
En ont tant moissonné déjà
Que de long-temps on ne pourra
Faire une récolte pareille. (*Bis.*)

FRÉDÉRIC.

Je me disais aussi : il faut qu'on les ait moissonnés.

DUBREUIL.

La course de ce matin vous a un peu fatigué. Avez-
vous besoin de quelque chose ?

FRÉDÉRIC.

Je prendrais volontiers un doigt de vin de Chypre ;
mais je n'ose pas le demander.

DUBREUIL.

Pourquoi ?

FRÉDÉRIC.

Ce bon M. Denis nous a, jusqu'à présent, reçu avec
tant d'égards, de politesse !... On a bien raison de dire
que la première vertu des Athéniens est l'hospitalité.

DUBREUIL.

(*A part*). Excellent ! Il s'imagine que le maître de cet
hôtel nous traite gratis ! (*Haut.*) Mon cher Frédéric, ne
vous gênez pas ; plus vous demanderez de choses à M. Denis, et plus vous lui ferez plaisir.

FRÉDÉRIC.

En ce cas là..... (*Il sonne ; un domestique entre.*) Du
vin de Chypre !

(*Le domestique sort.*)

FRÉDÉRIC.

Dites-moi donc, mon ami, savez-vous que cette jeune
Athénienne, qui était hier avec sa parente auprès de nous,
était bien intéressante ! Quelle grâce ! quelle candeur !....
Tenez, je vous le répète, jamais je n'épouserai celle que
mon père me destine ; c'est une chose résolue... j'ai dans
l'idée que je me marierai à Athènes.

DUBREUIL.

Cela se pourrait bien.

FRÉDÉRIC.

Les femmes grecques sont charmantes. Quelle diffé-
rence entre nos Allemandes et ces Athéniennes si aimables,
si vives, si légères !... Mais, vous aviez raison de me
le dire, leurs costumes sont changés.

DUBREUIL.

Deux ou trois mille ans de plus apportent un peu de
changement dans les modes.

FRÉDÉRIC.

Mais le caractère est resté le même. Oh ! l'on ne pou-
vait pas s'y tromper.

SCÈNE IX.

LES MÊMES, DENIS.

DENIS.

Messieurs, voilà du vin de Chypre.

FRÉDÉRIC.

Ah ! mon cher hôte, que je suis touché de vos attentions !

DENIS.

Monsieur, c'est mon devoir.

FRÉDÉRIC.

On n'exerce pas l'hospitalité avec plus de grâces...

DENIS.

La maison est sur un bon pied.

FRÉDÉRIC.

Si jamais vous venez en Westphalie, je ne veux pas que vous ayez d'autre logement que mon château.

DENIS.

Monsieur le Baron...

FRÉDÉRIC.

Je vous y traiterai... Oh ! quoique je ne sois qu'un Allemand, croyez que mon désintéressement est égal au vôtre.

DENIS (*à Dubreuil*).

Qu'est-ce qu'il dit, donc ?

DUBREUIL.

Taisez-vous : voilà votre quinzaine.

Air : *Vaudeville de l'Ecu de six francs.*

De votre conduite polie
Le Baron est très-satisfait.

FRÉDÉRIC.

Je garderai toute ma vie
Le souvenir d'un tel bienfait.
Il mérite une récompense....

DENIS:

Soyez sûr qu'il ne m'est rien dû ;
Un bienfait n'est jamais perdu.
(A part, en montrant sa bourse.)
Lorsque l'on est payé d'avance.

(*A Dubreuil*).

Monsieur, si vous vouliez passer dans le sallon ? M. le
Commissaire vient chercher le nom des étrangers qui
logent chez moi...

FRÉDÉRIC.

Le Commissaire !

DUBREUIL.

Qui, le Magistrat chargé de la sûreté publique.

FRÉDÉRIC.

Ah ! l'Archonte... Ils sont neuf, n'est-ce pas ?

DENIS.

Il est possible qu'autrefois ils ne fussent pas davantage ;
mais depuis la révolution ils sont quarante-huit.

FRÉDÉRIC.

Encore un changement... Peu de pays ont éprouvé
autant de révolutions que la Grèce.

DENIS.

C'est ce que mon fils me dit tous les jours.

FRÉDÉRIC.

Vous avez un fils ?

DENIS.

Et un très-bon sujet... Il a commencé ses études au
Prytanée ; il les a achevées au Lycée ; maintenant il profe-
fesse à l'Athénée.

FRÉDÉRIC.

Monsieur Denis, je serai enchanté de faire sa connais-
sance.

DUBREUIL.

Nous reparlerons de cela une autre fois. Allons trouver
votre Magistrat.

Air : *Vaudeville de la Visite à Bedlam.*

Sur le livre du logis ,
Je vais signer pour la forme ;
J'aime que l'on se conforme
Aux usages du pays.

DENIS.

Ne perdez pas les instants ;
Se hâter est nécessaire,
Il ne faut pas plus long-temps
Arrêter le Commissaire.

DUBREUIL ET DENIS.

ENSEMBLE.
{ Sur le livre du logis,
Allez
Je vais } signer pour la forme ;
Il faut que l'on se conforme
Aux usages du pays.

(Ils sortent.)

SCÈNE X.

FRÉDÉRIC *(seul)*.

Oh ! le beau pays ! le beau pays ! On n'y saurait faire
un pas sans être émerveillé de la richesse et du nombre
de ses monumens ; sans y rencontrer quelque souvenir de
ses grands hommes.

Air : A soixante ans.

Du Temps la puissance infinie,
Sur tout, hélas ! exerce son courroux ;
Mais devant l'œuvre du genie,
Il s'arrete et suspend ses coups.
De maint heros, qu'a present on ignore,
L'oubli paya la vanite,
« Et depuis trois mille ans, toujours plus respecté,
« Le vieil Homere, a nos yeux est encore
« Jeune de gloire et d'immortalite.

(Il s'assied.) Quel est ce livre ? Un nouvel ouvrage, sans
doute. *(Il lit)* «Voyage du Jeune Anacharsis en Grèce...»
Je ferai aussi mon voyage. *(Il feuillette et lit.)*

« Les Athéniens sont courageux, gais et frivoles : ils
aiment à l'excès les plaisirs et la liberté, le repos et
la gloire. Les Athéniennes cultivent les beaux - arts :
elles aiment la parure, sont jolies, spirituelles et en-
thousiastes de la gloire de leur patrie. Elles sont ordi-
nairement vêtues d'une robe blanche ; elles ornent leurs
cheveux de perles et de bijoux précieux ; leur chaussure
est un léger cothurne ou un brodequin élégant... »

SCÈNE XI.

FRÉDÉRIC, CORINNE.

CORINNE.

J'ai laissé mon livre ici. (*Elle aperçoit Frédéric.*) Ah !

FRÉDÉRIC.

Que vois-je !

ENSEMBLE.

Air : *Di tanti palpiti.* (de Rossini).

Un prestige trompeur
M'abuse peut-être.
Non, non je dois { le / la } reconnaître
Au trouble de mon cœur.

FRÉDÉRIC.

Bonheur extrême
Je vois celle que j'aime,
L'Amour
Lui même
L'amène en ce séjour.

CORINNE.

Comme, à sa vue,
Malgré moi je me sens émue.

FRÉDÉRIC.

Qui peut la troubler ? (*Bis*)
Je n'ose lui parler....

ENSEMBLE.

Ce n'est pas une erreur,
De mes sens je suis maître :
Oui, je devais { la / le } reconnaître
Au trouble de mon cœur.

CORINNE.

Pardon, monsieur... j'étais venu chercher un livre que j'ai oublié.

FRÉDÉRIC.

C'est sans doute celui-ci.

CORINNE.

Précisément... Mais vous le lisiez, peut-être ?

FRÉDÉRIC.

Ah ! tout ce qui rappelle les souvenirs de ce pays !...

CORINNE.

En effet, je me suis aperçue hier ausoir que vous en étiez enthousiaste.

FRÉDÉRIC.

Eh ! qui n'admirerait pas les beautés qu'il renferme ?

CORINNE (à part).

Mon père aura beau faire, je ne puis m'empêcher de le trouver galant.

FRÉDÉRIC (à part).

Comme elle est jolie !

CORINNE (à part).

Encore, si mon prétendu lui ressemblait !...

FRÉDÉRIC, (à part).

Voilà l'Athénienne qu'il me faut.

CORINNE (à part).

On obéirait sans répugnance.

FRÉDÉRIC.

Vous demeurez dans l'hôtel de M. Denis ?

CORINNE.

Nous y sommes arrivées, ma tante et moi, il y a quinze jours... Et vous, monsieur ?

FRÉDÉRIC.

J'y suis d'avant-hier... Mais je voudrais y passer toute ma vie.

CORINNE.

Ah ! l'on y est fort bien !

FRÉDÉRIC.

Mais peut-être serai-je bientôt obligé...

CORINNE.

De partir ?

FRÉDÉRIC.

Hélas ! oui ; mon père s'est mis dans la tête de me faire épouser une jeune personne que je ne connais pas.

CORINNE.

C'est absolument comme moi... Il paraît que tous les pères se ressemblent.

FRÉDÉRIC.

Mais je n'y consentirai jamais.

CORINNE.

Non, non... il ne faut pas épouser les personnes qu'on ne connaît pas.

FRÉDÉRIC.

Surtout lorsqu'on a de l'amour.....

CORINNE.

Vous êtes amoureux ?

FRÉDÉRIC.

D'une personne charmante, que le hasar l ſr ſ mes regards, pour la première fois, et sans laquelle maintenant il n'est plus de bonheur pour moi.

CORINNE.

Taisez-vous donc !

FRÉDÉRIC.

Ses attraits m'ont inspiré la passion la plus violente, l'attachement le plus durable, et malgré les projets de mon père, je jure à ses genoux de tout entreprendre pour l'obtenir.

(*Il se jette aux genoux de Corinne.*)

LE BARON (*au fond*).

O Grosser Gott !

CÓRINNE (*se sauvant*).

Un étranger...! Ah! mon dieu !

SCÉNE XII.

LE BARON, FRÉDÉRIC.

LE BARON (*Baragouin Allemand*).

Frédéric...! fenez, fenez ! qu'est-ce que fous faites-là ?

FRÉDÉRIC.

Mon père....: Je demandais à cette jeune Athénienne des nouvelles de sa santé.

LE BARON.

Ce être le mode, en Grèce, de demander à genoux ?

FRÉDÉRIC.

Oui... oui, mon père.

LE BARON.

Je être content pour savoir... Mais je défendre à vous de faire.

FRÉDÉRIC.

Mon père, je vous aime...

LE BARON.

Gutt !

FRÉDÉRIC.

Je vous respecte...

LE BARON.

Gutt ! gutt !

FRÉDÉRIC.

Mais il m'est impossible de vous obéir.

LE BARON.

Taisez-vous, petit garçon.

FRÉDÉRIC.

Je veux me marier à ma fantaisie, et n'épouser qu'une Athénienne.

LE BARON.

Vous vous êtes monté la tête avec votre Grec.

FRÉDÉRIC.

Mais, vous-même, mon père, vous rendez comme moi justice aux grâces, à la beauté des femmes de ce pays:

LE BARON (*A part*).

Il avre écouté les éloges que je donnais à Aspasie !...

FRÉDÉRIC.

De tout temps elles ont passé pour les plus belles de l'univers ! Aussi, Aristipe adora Lays et Périclès, qui gouverna Athènes pendant quarante ans, finit par épouser Aspasie.

LE BARON.

Qu'est-ce que vous dites ?

FRÉDÉRIC.

Je dis que Périclès a épousé Aspasie : tout le monde sait ça.

LE BARON.

J'en savre rien, qu'Aspasie être mariée. Jésus Mein Gott! si j'avre venu avant Bériclès !

(*On entend Aspasie dans la coulise dire en riant :* Vous ne serez pas pas payé aujourd'hui..... c'est impossible, mon pauvre Stamboul) !

LE BARON.

Ah! tiable! j'entendre du bruit!.. Frédéric, M. Dubreuil vous attendre pour voir le Musée.

FRÉDÉRIC.

Je vais le rejoindre : mais convenez que les Athéniennes sont charmantes !

LE BARON.

Frédéric!... Sortez, sortez.

SCÈNE XIII.

LE BARON, STAMBOUL ; ASPASIE.

Air: *De Caroline.*

ASPASIE.

. Vous avez toujours la migraine,
Quand je demande de l'argent,
Je reviendrai l'autre semaine;
Et peut-être inutilement.

STAMBOUL.

Mon cher ami, j'ai la migraine,
N'insistez pas dans ce moment;
Revenez dans l'autre semaine,
Et je vous renverrai content !

ASPASIE.

D'un landaw j'ai fait la folie,
Je suis un peu dans l'embarras;
Mais la fortune est une amie,
Qui vient quand on ne l'attend pas.

STAMBOUL.

Vous avez toujours, etc.

ASPASIE.

Mon cher, etc.

LE BARON (*lorgnant Aspasie*).

Charmante! charmante !

STAMBOUL.

Pensez-y sérieusement, mademoiselle Aspasie!

ASPASIE.

Sérieusement! je ne sais pas si cela me sera possible!...

STAMBOUL.

Vous riez toujours... et cela m'inquiète!

ASPASIE.

Air: *Vaudeville de Lantara.*

Mon cher, ce sont mes manières,
Je traite légèrement,
Les plaisirs et les affaires,
Un créancier, un amant;
Mais de cette humeur rieuse,
Ne soyez point affecté;
Doit-on, dans une danseuse
Blâmer la légèreté?

STAMBOUL.

Riez, riez!... moi je ne sortirai pas sans être payé;

ASPASIE.

Taisez-vous donc... Devant un étranger!

LE BARON.

Je brie fous de ne point gêner pour moi.

ASPASIE.

Mon petit Stamboul, revenez après demain.

STAMBOUL.

Ce sera comme avant-hier.

ASPASIE.

Non, je vous jure...

STAMBOUL.

Allons, je reviendrai donc...

ASPASIE (*A part.*)

Et moi, je te ferai consigner.

(*Stamboul sort*).

SCÉNE XIV.

LE BARON, ASPASIE.

LE BARON.

Allons, la bolitesse. (*Il se jette à ses genoux*) Madame Aspasie.

ASPASIE (*effrayée*).

Ah ! Monsieur... vous m'avez fait une peur !

LE BARON.

Je demandais à vous des nouvelles de votre santé.

ASPASIE.

La posture est charmante !... (*Elle rit*) Relevez-vous donc, Monsieur. (*A part*) Qu'est-ce que c'est que cet original? (*le Baron fredonne*). Monsieur est artiste ?

LE BARON.

Non, madame, je suis Baron Allemand.

ASPASIE.

J'ai connu des Barons Allemands fort aimables.

LE BARON.

Je suis de Brandebourg.

ASPASIE.

Je ne sais pas s'ils étaient de ce pays-là.

LE BARON.

J'avre admiré vous toute le soirée d'hier, que vous jouiez le Sagesse.

ASPASIE.

Vous étiez au théâtre ?

LE BARON.

Ia, et j'avre tout vu.

ASPASIL.

Que dites-vous de mes pirouettes et de mes entrechats?

LE BARON.

Oh ! gutt ! gutt !... superbe ! J'aime fort l'Opéra.

ASPASIE.

Cela ne m'étonne pas.

Air: *Des deux sœurs.*

De l'Opéra chacun est idolâtre ,
C'est, je l'avoue, un spectacle fort beau ;
Mais je préfere à celui du Théâtre,
Celui qu'on voit derriere le rideau.

Là, dans un coin, tout le temps de l'entracte,
Dans le palais de l'Alhambra caché,
Un gros banquier, a tournure compacte,
Parle d'affaire à la jeune Psyche;

Avec Armide un Prussien se promene,
En lui vantant l'Opéra de Berlin.
Plus loin Renaud fait l'amour à la Haine,
Et de leur loge ils prennent le chemin:

Un vieil Anglais lorgne une Bayadère
Qui, par amour pour notre beau pays,
Fait en détail payer à l'Anglettere,
Ce que gratis ces Messieurs nous ont pris.

Ici Vénus marchande un cachemire,
Qu'au prix coûtant Minerve lui promet;
Flore au miroir arrange son sourire,
Junon son teint, et l'Amour son corset:

Avec Zéphir, parlant de politique
Nina prétend qu'ici bas tout va mal;
De l'Opéra Bacchus lit la critique,
Et Jupiter tonne sur le journal.

Tandis qu'Orphée essayant son organe,
Fait admirer l'eclat de son gosier,
Le vieux chameau de notre Caravanne
Règle sa montre au cadran du foyer.

Seule, en mon coin, moi j'observe et critique
Ce qui se dit, se fait, ou se fera,
Et je conviens que ce tableau comique
Vaut à mes yeux le plus bel Opéra.

LE BARON.

Ia, ia... Aussi, hier soir, si je n'avré pas craint que
M. Bériclès il fût auprès de vous...

ASPASIE.

Qui!... le gros Général? Je ne le vois plus.

LE BARON.

C'être pas ça.

ASPASIE.

C'est donc l'Ambassadeur. Ah! pour celui-là...

LE BARON.

Nein... M. Bériclès! le Gouverneur... votre époux...

ASPASIE.

A moi!... je suis veuve.

LE BARON.

Vous n'êtes pas mariée à M. Bericlès?

ASPASIE.

Du tout.

LE BARON.

Est-ce que il y être plusieurs Aspasie?

ASPASIE.

Nous sommes une douzaine à l'Opéra.

LE BARON.

Et vous il être veuve! Jésus Mein Gott! vous le serez
pas long-temps!

ASPASIE.

Qu'est-ce que vous dites donc? Je n'ai pas du tout l'intention de m'enchaîner pour la vie... A moins cependant!

LE BARON.

Air : *Le beau Lycas aimait Thémire* (des Articles par occasion.)

J'aime vous dans l'extravagance,
Et je faire ici le serment
Que si mon richesse être immense,
Mon amour être encor plus grand.
A mon desir ne soyez pas rebelle;
Je possedais le terre le plus belle:
J'avre l'ecrin la plus brillant.
Je vous offensé.

ASPASIE.

Non vraiment.
On n'offense point une belle,
Quand on s'y prend bien poliment!

SCÈNE XV.

LES MÊMES, DENIS.

DENIS.

Madame, on vient vous chercher pour la répétition.

ASPASIE.

La répétition! quelle heure est-il donc?

DENIS.

Deux heures (*Le Baron va pour parler*).

ASPASIE.

M. le Baron, il est deux heures, je ne puis en entendre

d'avantage... Heureusement je ne suis que du second acte...
mais je serai charmée de recevoir un homme dont la nais-
sance illustre et les sentimens distingués... N'oublions pas
de consigner Stamboul !.... C'est singulier comme le
temps passe... quand on s'amuse !

(Elle sort.)

SCÈNE XVI.

DENIS, LE BARON.

LE BARON.

M. Denis, rendre à moi une grande service... Où de-
meure-t-il, cet marchande Turc?

DENIS.

Rue du Croissant, n.° 2.

LE BARON.

Bon ! bon !... M. Denis, vous être pourtant une grosse
importun, et je priais vous une autre fois de regarder
avant d'entrer.

DENIS.

Air : *Du Pas des trois Cousines.*

Excusez cette maladresse,
En faveur de l'intention ;
Vous reparlerez de tendresse,
Apres la répétition.

LE BARON.

Quand l'Amour il être en haleine,
Faut pas l'interrompre en son cours ;
Il a souvent beaucoup de peine
A retrouver le fil de son discours.

ENSEMBLE.

J'excuse cette maladresse, etc.　　　Excusez cette maladresse, etc.

(Le Baron sort.)

SCÈNE XVII.

DENIS (*seul*).

Comment ! est-ce que notre Baron Allemand veut aussi
faire sa cour à mademoiselle Aspasie ?

SCÈNE XVIII.

DENIS, FRÉDÉRIC.

FRÉDÉRIC.

Où donc est M. Dubreuil?.. je le cherche partout.... ah ! M. Denis, je vous félicite, vous avez chez vous des tableaux, des statues... il paraît que vous êtes amateur.

DENIS.

Oui, Monsieur !

(FRÉDÉRIC *regardant les tableaux*).

Ah ! un trait de l'histoire Grecque... Hippocrate refusant les présens d'Artaxerce.

DENIS.

Et de ce côté, Hippocrate recevant la couronne d'or du peuple Athenien qu'il a délivré de la peste.

FRÉDÉRIC.

Quel trait sublime !

DENIS.

Il vient de se renouveler Monsieur !

FRÉDÉRIC.

Vraiment !

DENIS.

Air: *Voyage* (d'Azémia.)

Un danger auquel rien n'echappe,
D'un peuple menace les jours,
Et de l'immortel Esculape,
Les fils volent à son secours:
Rien n'arrête leur zele ;
De la fièvre cruelle,
Ils bravent le pouvoir
Sans s'emouvoir
L'air s'epaissit, le mal circule,
Est-il tableau plus douloureux !
Deja le trepas est au milieu d'eux,
Qui peut sans effroi, dans ces jours affreux,
Compter tous leurs soins généreux.

Aucun obstacle ne les effraie... Ils sont partout... dans le palais du riche, dans la chaumière du pauvre...et, la Mort, étonnée de leur audace

Recule (*bis*)
Et s'enfuit devant eux.

FRÉDÉRIC.

Quel peuple que celui chez lequel on trouve de sem-
blables héros!.. Ah ! ça, pendant que nous sommes seuls,
M. Denis, il faut que vous me donniez quelques renseigne
mens ! J'ai là une liste des monumens, que je n'ai point
encore vus, et que je suis curieux d'admirer.

DENIS.

Voulez-vous que je vous enseigne dans quels quartiers
ils sont ? La ville est grande ; mais quand on a de l'in-
telligence...

FRÉDÉRIC.

Volontiers. Quand je suis avec mon ami ou avec M. Cicérone, ils ne me laissent pas le temps d'examiner, d'in-
terroger...

DENIS.

Dites-moi ce que vous voulez voir ?

FRÉDÉRIC.

Le Panthéon.

DENIS.

Ah ! (*A part.*) Sainte Geneviève... (*Haut.*) C'est bien
loin.

FRÉDÉRIC.

Le Gymnase.

DENIS.

Au bout de mon bras... là-bas... Mais, méfiez-vous ;
l'autre soir j'ai reçu un coup de poing...

FRÉDÉRIC.

Au Gymnase? c'est tout simple. Où est le Céramique ?

DENIS.

Vous voulez dire le Cirque.

FRÉDÉRIC.

Non ; le Cirque, je le verrai plus tard... Le Céramique.

DENIS.

Le Céramique ?...

FRÉDÉRIC.

Ou les Tuileries, si vous l'aimez mieux.

DENIS.

Expliquez-vous donc. (*A part.*) Ces étrangers... (*Haut.*)
Les Tuileries ? Vous suivez le boulevard ; vous prenez
à main gauche, vous arrivez juste entre les Tuileries et les
Champs-Elysées.

FRÉDÉRIC.

Voyons, ne confondons pas...Je vous parle des Tuileries.

DENIS.

A côté des Champs-Elysées.

FRÉDÉRIC.

Ce n'est pas possible.

DENIS.

Mais, monsieur... permettez-moi de vous dire que je
sors des Champs-Elysées.

FRÉDÉRIC.

Il y a quelque chose là-dessous... Avez-vous une carte ?

DENIS.

Je crois bien ; j'en ai même une de la Grèce.

FRÉDÉRIC.

C'est celle-là que je vous demande.

DENIS.

Bah !

FRÉDÉRIC.

Sans doute.

DENIS.

(*A part.*) Il veut voir Paris, et il demande la carte de
la Grèce ! Allons, il faut contenter ses pratiques...(*Haut.*)
La voici.

FRÉDÉRIC.

Pourquoi tous ces drapeaux ?

DENIS.

Laissez donc, n'y touchez pas... Vous allez détruire mes
armées.

FRÉDÉRIC.

Vos armées ?

DENIS.

Vous ne savez donc pas que nous sommes en guerre ?

FRÉDÉRIC.

Vous êtes en guerre ?

DENIS.

Les Grecs et les Turcs.

FRÉDÉRIC.

Et depuis quand ?

DENIS.

Depuis un an. Nous attendons à chaque instant une catastrophe ; les Turcs menacent Athènes.

FRÉDÉRIC.

Serait-il possible ?

DENIS.

On cherche à s'y opposer... Il y a même des gens de votre pays qui se sont enrôlés.

FRÉDÉRIC.

Et on m'a laissé ignorer... !

DENIS.

Ils sont en route pour venir défendre Athènes ; mais j'ai peur qu'ils n'arrivent trop tard.

FRÉDÉRIC.

Non, non, nous n'arriverons pas trop tard.

DENIS.

Les Turcs sont aux portes de la ville... On les attend d'un moment à l'autre.

FRÉDÉRIC.

Et vous restez tranquille !

DENIS.

J'ai souscrit...

FRÉDÉRIC.

Et vous ne volez pas à sa défense ?

DENIS.

Et qui prendra soin de mes locataires ?

FRÉDÉRIC.

Air: *Mes chers Amis dans cette vie* (da Calife.)

Athènes, la reine du monde,
Je deviens un de tes enfans,
Lorsque sur toi l'orage gronde
Je veux vaincre les musulmans;
Pour les chasser de chaque ville.
Que n'ai-je les armes d'Achille !
Ils trembleraient à mon aspect.

DENIS.

Notre jeune homme est un peu Grec.

SCÈNE XIX.

DENIS, FRÉDÉRIC, STAMBOUL, LE BARON,
DUBREUIL, CORINNE, ASPASIE.

*(Stamboul et ses trois fils, habillés en Turcs, entrent,
poursuivis par les garçons de l'hôtel.)*

FIN DE L'AIR.
LES GARÇONS.
N'avancez pas.
LES TURCS.
Doublons le pas.
FRÉDÉRIC.
D'où viennent ce bruit, ce fracas... ?
De ce côte portons nos pas.

LES GARÇONS.
Vraiment nous ne vous craignons pas;
LES TURCS.
Mes chers amis doublons le pas.
FRÉDÉRIC.

Il n'est plus temps ! Voilà les Turcs qui entrent.

ASPASIE.

Qu'est-ce que vous dites donc ! Les Turcs... C'est mon
Juif.

LE BARON.

C'est cet Arabe...

DENIS.

Ils sont Chrétiens comme vous et moi.

FRÉDÉRIC.

Et ils veulent piller Athènes !

DENIS.

Vous n'y êtes pas !... ils viennent vendre leurs cachemires à Paris!...

FRÉDÉRIC.

Qu'ils y aillent...

DENIS.

Ils y sont !..

FRÉDÉRIC ET LE BARON.

Hein !

DUBREUIL.

Eh, oui! mon cher Frédéric... nous sommes...

ASPASIE (*au Baron*).

A Paris ! le grand miracle... Est-ce que vous ne le saviez
pas...?

FRÉDÉRIC.

Quoi, vous m'avez conduit...?

CORINNE.

A Paris, Monsieur; il me semble que tout devait vous
en avertir.

LE BARON.

Ah ! j'avre été attrapé comme un véritable Allemand.

DUBREUIL.

Mon cher Frédéric, vous désiriez voir Athènes. Pour
vous donner une idée de cette cité célèbre, j'ai dû vous
conduire dans la seule ville de l'univers qui offre à la fois
son élegance, sa politesse, ses arts et sa splendeur.

FRÉDÉRIC.

Ainsi, ces monumens..?

DENIS.

Ce sont ceux de Paris.

Air : *du Verre.*

Pour éterniser leur succès,
Et les transmettre aux derniers âges
A chaque siecle, les Français
Ont elevé ces beaux ouvrages.
Des temps passes, du temps présent,
Ces marbres rappellent la gloire,
Et pour nous, chaque monument,
Est une page de l'histoire.

FRÉDÉRIC.

Et je ne verrai pas Athènes !

DUBREUIL.

Il ne faut désespérer de rien.

Air : *Connaissez mieux le Prince Eugène.*

Un peuple ignorant et sauvage ,
Opprimait ces Grecs génereux ;
Et, triste effet de l'esclavage!
Les beaux arts avaient fui loin d'eux;
Mais leur plainte s'est fait entendre ,
Et de Minerve la cité ,
Nouveaux Phénix , renaîtra de sa cendre
A la voix de la Liberté.

CORINNE.

M. le Baron, les anciens gagnent à être vus de loin.

FRÉDÉRIC.

Et les modernes à être vus de près.... M. Dubreuil, votre ruse n'a pas tout à fait réussi... car, je vous répète que je n'épouserai jamais...

DUBREUIL.

Que ma fille , c'est pour cela que nous avons entrepris ce voyage.

CORINNE ET FRÉDÉRIC.

Quoi! vous êtes!... Ah! c'est charmant!

ASPASIE.

Eh bien ! Monsieur, je vous le demande, votre voyage d'Athènes n'eût pas eté si heureux pour vous ? les Athéniennes peuvent être fort jolies, mais quand il s'agit de femmes, moi je me défie toujours des vieilles réputations.

VAUDEVILLE.

DENIS.

Air : *Il sait tout* (Des Joueurs).

Oui , les Grecs
A nos respects
Ont de grands droits, je le pense ;
Mais depuis long-temps la France
A surpassé les Grecs.

TOUS.

Oui , les Grecs , etc.

DUBREUIL.

Ces Grecs dont la noble existence
Brilla de tant d'exploits fameux,
Furent en génie, en vaillance,
Déja vaincus par nos aïeux;
  Et lorsque leur histoire
  Offre un Léonidas,
  Nous comptons avec gloire
  Des milliers de D'Assas.

CHOEUR.

Oui, les Grecs, etc.

LE BARON.

Un savant m'a mis sur la voie
De tout ce que firent les Grecs;
Ce fut devant les murs de Troye
Qu'on inventa le jeu d'Echecs;
  Et j'appris avec joie,
  Je puis le dire ici,
  Que le noble jeu d'Oie
  Nous en venait aussi.

CHOEUR.

Oui, les Grecs, etc.

DENIS.

Imitant l'orateur d'Athenes,
Aussi courageux qu'eloquents,
Combien de jeunes Demosthênes
Se sont montres des leur printemps,
  L'espoir de l'innocence
  Dont ils plaidaient les droits,
  L'honneur de notre France
  Et l'appui de nos lois!

CHOEUR.

Oui, les Grecs, etc.

ASPASIE.

J'aime assez les modes antiques,
Nos echarpes, nos brodequins,
Et pourtant, ces Grecs magnifiques,
En menage étaient bien mesquins:
  Comment oser le dire,
  Ces femmes de héros
  Vivaient sans cachemire,
  Et même sans Ternaux!

CHOEUR.

Oui, les Grecs, etc.

FRÉDÉRIC.

Nation jadis sans pareille,
Des beaux arts tu fus le berceau,
Ton Sophocle crea Corneille,
Ton Pindare enfanta Rousseau
    O beau pays d'Homere,
    Quel serait ton destin
    Si l'immortel Voltaire
    Etait né dans ton sein !

CHOEUR.

Oui, les Grecs, etc.

CORINNE, *au Public.*

Les grecs aimaient la mélodie :
On ne les vit point de leurs jeux,
Troubler l'accord et l'harmonie,
Par un bruit injuste ou fâcheux.
    Les censeurs etaient rares
    Chez ce peuple d'elus,
    Et les sifflets barbares
    Leur étaient inconnus.

    Pleins de respects
    Pour les Grecs,
    Imitez leur indulgence,
    Et ne soyez pas en France
    Plus severes que les Grecs.

CHOEUR.

    Pleins de respects.
    Pour les Grecs,
    Imitez leur indulgence,
    Et ne soyez pas en France,
    Plus severes que les Grecs.

FIN.